www.tredition.de

AF185926

Julia Lichtauf

Der Plumpsklohahn

Lebendige Erinnerungen aus meiner Kindheit

© 2016 Julia Lichtauf
Umschlag, Illustration: Julia Lichtauf
Lektorat, Korrektorat: Naomi Mandler

ISBN
Paperback   978-3-7345-1126-4
e-Book   978-3-7345-1127-1

Printed in Germany

Vorwort

In dem Buch „Der Plumpsklohahn" erzählt meine Mutter mit vielen kleinen Episoden Geschichten aus einer Zeit, die meine Generation schon gar nicht mehr kennt (1937 bis ca. 1960). Vor allem aber stehen die vielen Kindheitserinnerungen im Vordergrund. Zum Teil in der Stadt und zum Teil auf dem Land. Nach und nach konnte ich mir ein immer besseres Bild machen und mich ein wenig in diese Zeit hineinversetzten. Es sind gerade diese kleinen Geschichten aus dem Alltag, die mich selber amüsierten, aufregten oder vielleicht auch erstaunten. Der Zusammenhalt, die Hoffnung und Organisieren des Alltags haben es ihren Eltern und vielen Menschen möglich gemacht, dass es immer irgendwie weiterging.

Inhalt

Kapitel 1 Mein Start in die Welt

Meine Ungeduld wurde mir wohl schon in die Wiege gelegt. Am 15. Oktober 1937 backte meine Mama abends Pfannkuchen. Ohne große Ankündigungen hatte ich es sehr eilig auf die Welt zu kommen und die Wehen setzten ein. Papa wollte eigentlich noch den Arzt, der in der gleichen Straße wohnte, zur Hilfe holen. Dies dauerte allerdings zu lang, da dieser bereits gemütlich bei einem wohlverdienten Bierchen den Feierabend genoss. Doch Mama und ich hatten alles schon alleine geschafft und ich war schon da.

Immerhin konnte der Arzt noch die Nabelschnur durchtrennen. Ja, meine Mama und mein Papa haben auch später in Ihrem Leben alles irgendwie in den Griff bekommen. Groß Jammern und Aufgeben war noch nie ihre Devise und das war auch gut so, denn ihr Leben schrieb noch viele Geschichten.

Meine Mama und ich

Bald werde ich achtzig Jahre alt. Zurückblickend bin ich mir sicher, dass dies meine Lebensphilosophie stark geprägt hat.

Kapitel 2 Kirschenfensterln

Früher war es überhaupt nicht üblich, dass ein Badezimmer zur Wohnungsausstattung gehörte. Nur wohlhabende Leute kamen zu dieser Zeit (ca. 1937-38) in den Genuss eines eigenen Bades in der Wohnung. So kann ich mich noch erinnern, dass ich gerne in meiner Zinnbadewanne badete, die auf zwei Stühlen in der Küche aufgestellt wurde. Doch ehrlich gesagt, für mich kleines Würmchen war das absolut in Ordnung. Toiletten befanden sich ebenfalls nicht in der Wohnung. Zum Glück gab es in unserem Haus in jeder Zwischenetage eine Toilette. Diese hatten bereits den Luxus, mit einer Wasserspülung ausgestattet zu sein.

In der Küche spielte sich fast alles ab. Unsere freundliche Vermieterin, die mit ihrem dicken Mann über uns wohnte, ließ gelegentlich für mich ein Körbchen mit leckeren roten süßen Kirschen an einer Kordel zu unserem Küchenfenster herunter. Dies war für mich jedes Mal eine schöne Überraschung über die ich mich sehr freute. Sobald das Körbchen von uns entdeckt und geleert war, schwebte der Korb wie von Zauberhand langsam wieder nach oben.

Kapitel 3 Die Zwerge

Als ich in etwa drei oder 4 Jahre alt war, kam es mir immer unendlich lang vor, wenn Mama kurz weg war, um etwas zu erledigen. Das lag vor allem an dem unbehaglichen Gefühl von Hilflosigkeit und Angst, wenn ich alleine war. Um mich wenigstens ein kleines Stückchen sicherer zu fühlen, setzte ich mich gerne mit dem Rücken zur Wand auf den kleinen Holzschemel unterm Küchentisch. Von dort hatte ich den vollen Überblick – zu meiner Linken konnte ich den Eingang zur Küche sehen, vor mir sah ich auf das kompakte naturweiße Küchenbuffet. Inzwischen wusste ich, dass sich in diesem Buffet unter dem Brot-Fach eine Dose mit einem Pinsel befand, deren Inhalt unwiderstehlich nach Marzipan duftete. Darum öffnete ich diese gerne und genoss den herrlichen Duft, der dann in meine kleine Nase strömte. Natürlich stellte ich die Dose danach schnell zurück und setzte mich wieder artig auf meinen Schemel unterm Küchentisch. Einmal kamen jedoch ganz viele Zwerge aus dem Vorplatz in die Küche marschiert, sie waren etwas größer als ein Dackel und der Marsch endete nach kurzer Zeit. Dies kam mir so ganz und gar nicht geheuer vor. Vor lauter Angst verharrte ich regungslos auf dem Schemel und traute mich kaum zu atmen. Aus irgendeinem Grund behielt ich dieses unheimliche Erlebnis erst mal für mich

Eines Tages als uns ein sechzehn-jähriges Mädchen besuchte, begann ich sichtlich aufgeregt von meinem mysteriösen Erlebnis zu erzählen. Aber weder meine Mama noch das Mädchen glaubten mir. Sie dachten, die Geschichte würde nur meiner lebhaften Fantasie entspringen und sie amüsierten sich köstlich. Die beiden lachten mild lächelnd über meine Geschichte und so beschloss ich, diese Erinnerung ab sofort für mich zu behalten, denn es würde mir sowieso niemand glauben

Erst Jahrzehnte später, als ich erwachsen war, wurde mir klar, dass ich aufgrund des Inhalierens des weißen, festen Pelikan-Leimes in einem Rauschzustand gewesen sein musste. Heute bin ich mir sicher, dass ich einmal besonders lange an dem Leim geschnüffelt haben muss, denn die Zwerge waren für mich wahrhaftig sichtbar und echt. Den Geruch des Leimes habe ich heute noch in Erinnerung, er war einfach wunderbar.

Kapitel 4 Spazieren mit Papa – das Eis

Während meine Mama wie jede ordentliche Hausfrau sonntags zu Hause das Mittagessen vorbereitete und fleißig ein leckeres Essen herzauberte, war ich meistens mit meinem Papa unterwegs. Ich ging gerne mit ihm Spazieren, denn unter der Woche war er immer recht lange auf der Arbeit. So genossen wir die gemeinsame Zeit.

Mein Papa

Einmal gingen wir am Main entlang und ich freute mich riesig, dass ich ein Kinderperlentäschchen gefunden hatte, das ich wie einen Schatz hütete.

Sehr oft gingen wir zum Kiosk, dieser wurde damals auch Wasserhäuschen genannt. Dann kam das Beste, denn dort gab es zwei rechteckige Waffeln, auf die der Kioskinhaber zuerst cremiges Eis verteilte, sie dann mit einer geschickten Handbewegung zusammendrückte und mir in die Hand gab. Nun ging die Schleckerei los. Mmmhhh, in meiner Erinnerung war dies das leckerste Eis überhaupt. Im Sommer musste ich die Waffeln besonders schnell abschlecken, da das Eis aus allen Seiten heraustropfte. Doch ganz ehrlich, das war für mich einer meiner liebsten Aufgaben, gar kein Problem.

Das super Schleckereis und ich

Kapitel 5 Meine Spielsachen

Als ich 3-5 Jahre alt war, wohnten wir in Offenbach in der Bismarckstraße. Zu dem Haus gehörte ein Hinterhof. In dieser Zeit gab es nicht so viele Spielsachen, wie sie die Kinder heute haben. Vermutlich machte das Spielen gerade aus diesem Grund so viel Spaß. Wir konnten als Kind unsere Fantasien ausleben und Alltagsgegenstände wurden zu Spielzeug.

Die wenigen Spielsachen, die ich besaß, liebte ich sehr und ich freute mich über jede einzelne noch so kleine Habseligkeit.

Gerne spielte ich das Verhalten der Erwachsenen nach. Eines meiner Lieblingsspiele war "Vater, Mutter, Kind", bei diesem Rollenspiel stellte ich alle Personen dar, besonders gerne aber war ich die Mutter.

Als kleines Mädchen bewunderte ich die Schaffner in der Bahn, die sahen ja sooo wichtig aus. So gehörte es zu meinem Lieblingsspielen, eine Schaffnerin zu spielen. Dann spannte ich eine Leine in die Küche und tat so als ob ich kräftig damit bimmelte. Mit ernsthafter Miene riss ich Fahrscheine ab und kritzelte äußerst wichtige Vermerke darauf oder ich riss sie zackig entzwei, um sie zu entwerten. Dabei kam ich mir immer sehr erwachsen und groß vor.

Manchmal verkleidete ich mich und stellte mir vor, dass ich eine richtige Dame wäre. Gerne ahmte ich einen eleganten Hut mit einem Einkaufsnetz nach, das ich mir über den Kopf zog. Ich kam mir wie Marlene Dietrich vor, denn diese berühmte Schauspielerin und Diva faszinierte mich sehr. Sie war so elegant und geheimnisvoll.

Aber auch die Postbeamten hatten es mir angetan. Mit dem Postspiel wurde ich zu einer sehr wichtigen Postbeamtin. Mit arrogantem, mienenlosen Gesicht und hochgezogenen Augenbrauen stempelte ich die Briefe und hatte das Sagen.

Ich war ebenso im Besitz herrlich dicker Pappbücher, die ich mir immer wieder sehr gerne ansah. Mein Lieblingsbuch handelte von Weihnachtsengeln, die Plätzchen backten. Die Bilder waren so traumhaft, so dass ich immer in eine friedliche wundervolle bunte Märchenwelt entführt wurde.

Ein anderes Spiel, welches ich später auf der Straße spielte nannte sich Dobsch. Zuerst musste ich diesen mit der Hand auf dem Boden andrehen. Danach hielt ich ihn solange es nur ging mit einem Stöckchen in Bewegung. Dazu brauchte man viel Geschick und es fiel mir gar nicht leicht.

Meine Gefährten waren auch zwei Teddybären, die hatten beide Knopfaugen und ich konnte die Arme, den Kopf und die Beine bewegen. Einen dieser Bären habe ich mir bis heute aufbewahrt. Da ich ihn so gerne mochte und als Kind sehr viel mit ihm gespielt hatte, war er später ramponiert. Durch Zufall las ich vor ein paar Jahren von einer Spielzeugmesse in Kelkheim. Ein Puppendoktor half meinem kleinen Freund und reparierte ihn. Seit dem sitzt er bei mir auf der Couch und ich bilde mir ein, dass er sogar eine kleine Bärenseele hat. Seine glänzenden Augen haben für mich auch heute noch diesen Zauber, deshalb rede ich mit ihm und verabschiede mich jedes Mal wenn ich aus dem Haus gehe. Abends sieht er mit mir fern. Ob er mit allem einverstanden ist, bezweifle ich stark.

Mein alter Spielkamerad der Bär.

Zum Spielen hatte ich außerdem einen Puppenwagen, der aus Holz und teilweise geflochten war. Papa war handwerklich sehr begabt und er fertigte mir nach und nach Holztiere aus jeweils einem einzigen Stück Holz an. So besaß ich unter anderem einen rollenden Ziegenbock mit einem schönen Bast-Bart und einem Glöckchen, den ich an einer Kordel hinter mir her ziehen konnte, ein Krokodil, bei dem sich das Maul immer öffnete und schloss, wenn ich es zog, einen Wackeldackel sowie einen Klettermaxe. Die Puppenmöbel, die er für mich herstellte, waren richtige kleine Kunstwerke. Sie sahen genauso aus wie unsere echten Möbel, die wir damals hatten. Die Stühle hatte er sogar mit richtigen Polstern überzogen. Diese Möbel hatte er mit viel Mühe und Liebe zum Detail geschreinert. Es müssen sehr viele Stunden an Arbeit darin stecken.

Meine Tante Rosa, die Schwester von meinem Papa, nähte aus alten Strümpfen strapazierfähige Schlumberpüppchen, die mich auch an Hampelmännchen erinnerten.

Kapitel 6 Papa und das Radio

Vor dem Krieg betrieb Hitler und sein Gesindel Propaganda in allen Medien. Wenn man das Radio anschaltete, hörte man oft das laute Gebrülle von Hitlers Reden, der versuchte, so viel Menschen wie möglich für seine Zwecke zu manipulieren. Ich war zwar noch klein, doch ich habe sehr gut in Erinnerung wie wütend Papa dann reagierte. Obwohl er sich sonst sehr fein ausdrückte, fluchte er denn jedes Mal sehr laut: „Mach den Scheißdreck aus!"

Für die damaligen Verhältnisse war er schon sehr mutig, denn er hatte es geschafft, nicht in die Partei einzutreten, obwohl dies gewiss erwartet wurde. Mein Papa hatte feine Antennen und schon sehr früh ein ungutes Gefühl mit diesen Hassreden und den Nazis gehabt. Seine Wachsamkeit hat er sich immer bewahrt, ich bin sehr stolz auf ihn.

Kapitel 7   Ziegen und Milch der Enkheimer Oma

Meine Oma wohnte zur Miete in einem kleinen Häuschen im unteren Geschoss in Enkheim.

Meine Mama und ich vor dem Haus der Enkheimer Oma

Es gab einen kleinen Hof und hinter dem Haus auch eine Wiese und einen erfrischenden gemütlich vor sich hinplätschernden Bach. Oma hatte genau dort ein kleines Gärtchen mit Tomaten und Gemüse angelegt. Auf ihrem Fenstersims legte sie stets die Tomaten zum Nachreifen aus. Diese schmeckten wunderbar lecker und aromatisch. Die Tomatensorten, die ich heute kaufen kann, kommen geschmacklich nicht mit. Im Ziegenstall, der direkt am Haus lag, hielt meine Oma zwei Ziegen und immer wenn wir sie besuchten gab es frische Ziegenmilch zu trinken. Die Ziegen sprangen meistens frei auf dem Hof herum und freuten sich ihres Lebens. Ich war ja noch recht klein und wenn ich kam, sprangen sie mich so an, dass ich umfiel. Das fand ich nicht immer lustig. Die Katze von Oma kratzte mich meistens am Daumen. Trotzdem konnte ich es nicht lassen, sie zu streicheln.

Gemeinschaftsarbeit im Garten mit der Familie

In einem Raum in einem großen Kupfer-Waschkessel wurde unter anderem stundenlang Zwetschenmarmelade (damals Latwerge „Lattwesch" ausgesprochen) nach altem Rezept eingekocht. Da musste die ganze Verwandtschaft mithelfen, denn der Aufwand war enorm, doch das Resultat war die Mühe wert. Das Ergebnis war eine superaromatische dicke süße Marmelade, die sehr lange haltbar war. Die ganze Familie wurde dann damit versorgt.

Kapitel 8 Auf der Kellertreppe

Ich kann mich noch sehr gut erinnern, als wir noch in Offenbach in der Bismarckstraße wohnten, dass wir bei jedem Alarm auf der Vorkellertreppe verweilten. Meistens gingen die Sirenen nachts los, zuerst gab es den sogenannten Voralarm. Oft wurden wir mitten aus dem Schlaf gerissen und mussten sofort runterrennen. Erst wenn die Sirene für die Entwarnung erklang, konnten wir wieder ins Bett. Eigentlich war es verboten, auf der Treppe zu sitzen, wir hätten in den Luftschutzkeller gehen müssen, der nur über den Hof erreichbar war, doch...

..... es gab mal einen Vorfall: Wir kamen am helllichten Tag zurück aus Stein-Bockenheim. Als der Alarm plötzlich ertönte, hatten wir keine Wahl und mussten in den Bunker am Ostbahnhof. Als wir jedoch im Bunker waren, gab es größere Detonationen, alles wackelte, das Licht ging aus und die Leute mit uns im Bunker bekamen Panik und schrien. Wir hatten alle riesige Angst um unser Leben. Meine Eltern hatten sich damals geschworen, nie mehr in einen Bunker zu gehen und dort vielleicht verschüttet zu werden. Erst später als ich groß war und nachfragte, erfuhr ich von meinen Eltern von den Toten, die draußen auf der Straße gelegen hatten.

Bei den Angriffen wurde entweder auf feste Ziele gebombt oder es wurde vom Tiefflieger aus direkt und gezielt auf Menschen geschossen. Abends sah man am Himmel dann oft große Lichter aufleuchten, wir nannten diese "Christbäume". Bis heute mag ich aus diesem Grund keine lauten knalligen Feuerwerke oder Sirenen.

Ich war immer sehr wütend auf die bösen Angreifer und wollte sie selber abschießen, wenn ich sie je erwischen würde; die sollten sich bloß vorsehen! Damals war ich zwischen 3 und 5 Jahre alt und hatte keine große Angst, denn für mich war dies alles normal. Der Alltag sah nun mal so aus und ich war diese Umstände gewöhnt. Meine Eltern sorgten dafür, dass ich die Toten bzw. die unsagbar schrecklichen Bilder des Krieges nicht zu sehen bekam. Sie schirmten mich vor all dem gut ab. Ich bin Ihnen bis heute sehr dankbar dafür. Gewiss sind mir so viele Albträume erspart geblieben.

Kapitel 9 Bekleidet im Gemeinschaftsbett

Manchmal gab es spezielle Warnungen, dass ein großer Angriff bevorstand.

Wegen dem Krieg und den vielen Bombardierungen speziell in der Stadt und somit in Frankfurt, gaben meine Eltern ihre Offenbacher Wohnung auf. So planten Sie, dass Mama und ich nach Stein-Bockenheim (Dorf in Rheinlandpfalz), wo auch meine Urgroßeltern wohnten, in ein Mietshaus ziehen sollten. Papa hatte seine Arbeit in Frankfurt-Fechenheim und vorübergehend wohnten wir alle drei bei meinen Großeltern in Enkheim. Ich sehe uns noch vor mir, wie wir alle drei dort zusammen voll angekleidet im Bett lagen, um bei Alarm sofort losgehen zu können.

Kapitel 10 Heimaturlaub von Onkel Paul

Wir trafen uns gerne alle zusammen mit meinen Onkeln und Tanten bei meiner Enkheimer Oma.

Der Mann meiner Tante Rosa war ungefähr 25 Jahre alt und hieß Paul. Das letzte Mal als ich ihn sah, war er für ein paar Tage auf Heimaturlaub. Danach kam er nie wieder nach Hause. Heute tut es mir fast ein bisschen Leid, dass ich mich so steif auf dem Schoß meines Onkels hingesetzt und nicht mit ihm geschmust hatte, da sein Soldaten-Anzug furchtbar kratzig war. Aber dass ich ihn nie wiedersehen würde, konnte ich ja nicht wissen.

Tante Rose und Onkel mit der kratzigen Uniform

Kapitel 11   Mamas Hauskontrolle in Frankfurt

Einmal erfuhren meine Mama und ich aus dem Radio, dass in Frankfurt bei einem großen Angriff sehr viele Häuser bombardiert und zerstört worden waren und dass vom Zuhause vieler Menschen in Frankfurt nur noch Schutt und Asche übrig geblieben wären. Mama wurde sofort sehr unruhig, denn sie hatte Angst um ihre Eltern, die damals in Frankfurts Nordend in der Lorzingstraße wohnten. So beschloss sie nachzuschauen. Sie zögerte keinen Moment und wanderte sofort mit mir zu Fuß von Offenbach nach Frankfurt. Der Weg bzw. die Zeit muss ihr unendlich lang erschienen sein. Gott sei Dank fand sie jedoch ihre Eltern und somit meine Großeltern in ihrem zu Hause unversehrt vor. Ihr muss ein riesiger Stein vom Herzen gefallen sein.

Meine Uroma aus Eisenach

Kapitel 12 Papas Kletterversuche im Schlafzimmer

Mann oh Mann, was der arme Papa und Mama einmal mitgemacht hatten, war gar nicht lustig. Heute kann ich natürlich darüber lachen.

Als ich ca. 4-5 Jahre alt war, bekam Papa hinten am Hals ein schlimmes eitriges Geschwür, das man Furunkel nannte. Durch den Eiter musste er unerträgliche Schmerzen erleiden, doch er war sehr tapfer. Einmal bekam er mitten in der Nacht dadurch sehr hohes Fieber. Im Fieberwahn hatte er einen bösen Albtraum, in dem er zu ertrinken drohte. Bei dem verzweifelten Versuch, sich zu retten, stellte er sich einen Stuhl vor den Schlafzimmerschrank, bestieg ihn und wollte noch weiter hinauf steigen. Da wir alle in diesem Raum schliefen, bemerkte Mama die nächtlichen Kletterversuche. Sie sprach ihn an und erreichte damit, dass er unversehrt wieder in sein Bett zurückkehrte.

Nach jahrelangen Behandlungen war Papa endlich von diesem Leid erlöst, denn er bekam irgendwann die richtige Medizin und mithilfe besserer Ernährung und Hefe verschwand dieses Phänomen ganz.

Kapitel 13   Der geplatzte Tortentraum

Schon immer liebte ich den verführerischen Duft von Schokolade und Torten. Jeden Sonntag gab es bei meiner Oma eine handgemachte schöne große Buttercremetorte, das war dann die Krönung der Woche.

Eine große Familienfeier stand bevor als ich fünf Jahre alt war, die Silberhochzeit meiner Großeltern. Voller Ungeduld freute mich schon lange vorher auf dieses Ereignis. Einen Tag zuvor präsentierte Oma stolz ihre leckeren unwiderstehlichen Torten. Mann, sahen die gut aus, ich konnte es kaum abwarten, davon zu naschen. Das Wasser lief mir beim Anblick schon im Munde zusammen, doch Vorfreude ist ja schließlich auch eine Freude. Der große Tag kam und plötzlich bekam ich Mumps. (Die einzige Kinderkrankheit, die ich als Kind bekam und ausgerechnet an diesem Tag!) So zerplatzte mein Traum, denn Schlucken war vor lauter Schmerzen gar nicht möglich. Das vergesse ich nie mehr, ich war so enttäuscht. Meine Liebe zu Torten ist geblieben, leider muss ich mich heute auch wegen Diabetes sehr zurückhalten.

Kapitel 14   Papa – Bunkerbau in Enkheim

Papa wohnte während der Kriegszeit bei seinen Eltern in Enkheim, meine Mama und ich hielten uns inzwischen sicherheitshalber in Stein-Bockenheim auf. Während dieser Zeit musste mein Papa wie viele andere Leute auch noch abends nach der Arbeit beim Bau eines unterirdischen Bunkers in Enkheim helfen. Das war eine harte, körperliche Arbeit, es muss sehr anstrengend gewesen sein. Erholungszeit nach der Arbeit gab es somit nicht

Kapitel 15 Papas wöchentliche Fahrt nach Stein-Bockenheim

Als Kind habe ich nicht darüber nachgedacht, doch auch mein Papa hat unendlich viel geleistet: Viele Strapazen und weite Wege zurückgelegt.

Trotz aller Belastungen, wie auch dem bereits genannten Bunkerbau nach der Arbeit, besuchte er uns regelmäßig am Wochenende. Er kam dann immer mit dem Fahrrad. Das war jedes Mal eine Strecke von etwa einhundert Kilometern. Er hat sich immer sehr gefreut, uns zu sehen und aus diesem Grund all dies auf sich genommen.

Ich bin in der glücklichen Lage zu sagen, dass meine Eltern mich sehr geliebt haben und immer für mich da waren. Ich danke Euch!

Kapitel 16 Landschule und Lehrerpaar mit Eulen

Mit 5 Jahren wurde ich 1942 in Offenbach eingeschult. Doch diese Schule besuchte ich nicht sehr lange, da Mama und ich nach Stein-Bockenheim in Rheinland Pfalz, umsiedelten. Aus diesem Grund ging ich sobald wir umgezogen waren in diesem kleinen Ort auf die Dorfschule. Was mir zuerst auffiel war, dass es nur einen Klassenraum für alle Klassenjahrgänge gab und alle Kinder zusammen von einem jungen Lehrerehepaar unterrichtet wurden. In der Stadt gab es so etwas nicht, aber auf dem Dorf mit so wenigen Einwohnern war dies normal. Zu diesem Zeitpunkt gingen wir Kinder mit Ranzen, Tafel, Griffel und Schwämmchen in die Schule. Das Schwämmchen hing oft an einer Schnur aus dem stabilen Leder-Ranzen raus, den wir Kinder auf dem Rücken trugen. In manchen Regionen wurde dieser Ranzen Tornister genannt.

Ich hatte Glück, das Lehrerehepaar war sehr freundlich und den Kindern zugetan. Sie kamen ursprünglich aus einer Stadt, ich glaube aus Berlin. Weil die beiden einen guten Draht zu den Schulkindern hatten, wurden sie gelegentlich von ihren Schülern besucht. Was ein Magnet war, waren die zwei Eulen, die bei dem Lehrerpaar lebten. Das waren große eindrucksvolle Tiere. Ich konnte manchmal nicht aufhören, diese wunderschönen Geschöpfe zu bewundern.

Kapitel 17   Der Plumpsklo-Hahn

In Stein –Bockenheim gab es noch, wie damals fast überall auf dem Land, ein Plumpsklo auf dem Hof. Dieses WC sah so aus wie ein großer Holz-Kasten und hatte oben ein Loch. Natürlich wurde diese Öffnung immer mit einem Holzdeckel ver-schlossen. Zugeschnittenes Zeitungspapier war Toilettenpapierersatz, welches nicht existierte.

Ich ging da gar nicht gerne hin, denn es roch sehr intensiv unangenehm und ich wurde von Mücken umzingelt. Schlimmer war es am Abend, wenn dort Licht brannte, dann feierten sehr viele Mücken eine Party.

Doch so mancher hatte es noch schwerer als ich, denn es gab einen ganz speziellen Hahn aus der Nachbarschaft. Dieser zeigte sehr offensichtlich, wen er nicht mochte. Wenn dies der Fall war, plus-terte er sich auf und attackierte denjenigen, der den Hof durchqueren musste, indem er hoch flat-terte und versuchte, feste mit seinem spitzen Schnabel auf den Kopf seines vermeintlichen Fein-des zu hacken. Deshalb mussten einige Ihren Kopf vor diesem aggressiven Angriffsgockel schützen und sich beeilen, um ihr Geschäft noch verrichten zu können.

Ich war viel und gerne draußen

Kapitel 18 Bauern im Krieg - Mamas Arbeit beim Bauern und der zusätzliche „Feldzusatzlohn"

Meine Mutti, wie auch viele andere Städter, halfen den Bauern auf dem Feld, da die meisten Männer im Krieg waren. Das war ein mühsamer, körperlich anstrengender Zuverdienst, vor allem ging es um Kartoffelernte und Traubenlese. Als Entlohnung gab es hauptsächlich Kartoffeln und Trauben, doch wir mussten feststellen, dass die Menschen aus der Stadt die schlechtere Ware bekamen. Die Bauern selber versorgten sich mit den besseren, frischen Naturalien. Manchmal hatten die Mägde Mitleid mit uns und steckten uns heimlich etwas Gutes zu. Es gab aber auch nette Bauern, die fair waren und von Herzen mit anderen teilten. Wir nahmen wahr, dass es meistens die Bauern waren, die selber nicht viel hatten.

Am Abend gingen meine Mama und auch einige andere unentdeckt auf die Gemüsefelder und haben sich etwas „zugeteilt". Es gab schließlich nicht viel an Lebensmittel zu kaufen. Gott sei Dank haben die Bauern niemand erwischt.

Was ich gut in Erinnerung habe, ist, dass es auf dem Feld für alle Essen gab, auch für die Kinder der Erntehelfer. Meistens waren es Pellkartoffeln und Quark oder Leberwurst, wir waren sehr froh darüber. Die Erwachsenen   bekamen auch öfter mal einen Schnaps.

Feldarbeit auf dem Land

In anderen größeren Orten halfen oft die Mädchen aus dem BDM (Bund Deutscher Mädel) bei den Arbeiten der Bauern, manche wurden richtig ausgenutzt. Die Mädchen mussten zum Teil Fahnen nähen, Munitionen zusammenbauen, quasi überall helfen. Die Jungs waren in der HJ (Hitlerjugend), die Mädchen gingen ab einem Alter von zehn Jahren in den BDM

Kapitel 19 Schokolade von Papa

Manchmal, wenn ich abends in Stein-Bockenheim zu Bett ging, freute ich mich riesig. Denn ab und zu wurde ich von Papa überrascht und fand dann auf meinem Kopfkissen eine Tafel Vollmilchschokolade vor. Ich erinnere mich noch sehr genau wie sie schmeckte und aussah. Die Marke war „Cailler", das Papier war blau-weiß und ähnelte der Verpackung der heutigen Milka-Schokolade.

Dabei fällt mir ein, dass ich anfangs in Stein-Bockenheim eine gutduftende Matratze aus einem mit Stroh gefüllten Jutesack hatte.

Ich war ein glückliches Kind

Kapitel 20   Angst vor den Russen

Als der Krieg sich Gott sei Dank dem Ende zuneigte, stand nun die große Frage in der Luft, wer bei uns die Besatzungsmächte sein werden. Vor den Russen herrschte generell große Angst, denn es wurden furchterregende Geschichten von ihren Gräueltaten erzählt.

Bei all den Spekulationen war meine Mama fest entschlossen, dass wenn die Amerikaner weiterziehen würden, sie mich schnappen und ihnen folgen würde, egal wohin. Doch wir hatten Glück und mussten nicht fortgehen, denn das Gebiet wurde später von den Amerikanern besetzt.

Im Großen und Ganzen hatten wir nur nette Begegnungen mit den Amis. Manche schenkten den Kindern Kaugummis, die es vorher hier gar nicht gab. Anfangs waren alle natürlich noch sehr zögerlich und skeptisch, denn Erfahrungen mit Amerikanern hatten die Wenigsten. Alles was fremd war, machte Angst, so hatten viele damals noch keine dunkelhäutigen Menschen gesehen und waren darüber erst einmal erstaunt.

Kapitel 21   Noch ein Jahr in Stein-Bockenheim

Durch all die Umstände wohnten Mama und ich bereits einige Jahre (seit ca. 1942) in dem gemieteten Haus in Stein-Bockenheim. Auch noch im Frühjahr 1945 als der Krieg endlich vorüber war.

Auf dem Heimweg von meinen Ur-Großeltern, die auch in Stein-Bockenheim wohnten, stürzte meine Mama in der Dunkelheit durch defekte Absperrstäbe, die den Abflusskanal absichern sollten. Dabei verletzte sie sich so schwer am rechten Schienbein, so dass Sie für ein viertel Jahr ins Krankenhaus gehen musste.

Solange blieb ich bei einer ortsansässigen Metzgerfamilie, Familie Stumpf, die mich ohne zu zögern aufgenommen hatte. Sie waren sehr freundlich zu mir und das machte mir die Zeit etwas leichter. Das einzige blöde war, dass Sie es gut meinten und mir morgens immer eine Milchnudelsuppe zubereiteten, vor der ich mich jedoch ekelte. Doch Kinder waren zur damaligen Zeit so erzogen, dass man nicht meckern darf. So meditierte ich jeden Morgen fast eine Stunde vor meiner Suppe bis ich sie endlich irgendwann und irgendwie runterbekommen habe.

Als Mama zurückkam gab es eine wesentliche Veränderung, die sie schockierte. Ich hatte mir während meines Aufenthaltes bei Familie Stumpf den rheinlandpfälzischen Dialekt angeeignet. Das legte sich nach einiger Zeit zu Hause wieder. Mama wurde manchmal richtig sauer wenn ich noch platt sprach.

Die Wunde am Schienbein meiner Mama eiterte monatelang und Jahrzehnte hatte sie große Probleme damit. Auf dem Schienbein gab es nur noch eine dünne Hautschicht, die anfällig für Nässen und Stoßen war. In den letzten zwanzig Jahren Ihres Lebens ging es etwas besser, denn die Medizin war fortgeschritten. Ihr ganzes Leben lang war diese Verletzung jedoch eine gesundheitliche Schwachstelle.

Mein Papa kam einige Zeit später auch nach Stein-Bockenheim und wohnte endlich dort mit uns zusammen bis wir alle später endgültig nach Frankfurt umgezogen sind. Papa arbeitete während dieser Zeit bei einem Schreiner aus dem Dorf. Ich ging in Stein-Bockenheim noch weiter zur Schule und Mama musste nicht mehr so oft auf den Feldern die körperlich harte Arbeit erledigen

Kapitel 22   Mamas Verehrer mit Jeep

Mama hatte einen amerikanischen Verehrer. Als mein Papa noch nicht in Stein-Bockenheim wohnte, stand dieser sehr oft mit einem Jeep vor unserem Haus.

Irgendwie war das etwas beängstigend. Meine Mama hatte das Gefühl, dass er uns beobachtete und auf uns wartete, so huschte sie immer ganz schnell mit mir ins Haus.

Eines Tages war er nicht mehr da, doch es stand ein Topf Schmalz vor unserer Tür.

Kapitel 23 Papas Arbeit bei den Scheidts

Während des Krieges arbeitet mein Papa in Festanstellung bei der Firma Bachmann als Modellbauermeister. Im jungen Alter von dreizehneinhalb Jahren hatte er dort seine Lehre begonnen. Zu diesem Zeitpunkt wurde die Firma gegründet und bestand gerade mal aus drei Mitarbeitern: dem Chef, dem Meister und Papa. Später wuchs die Firma stetig und beschäftigte dort mehrere tausend Mitarbeiter

Doch für die Dauer, in der Papa nach dem Krieg in Stein-Bockenheim wohnte, musste er sich eine Arbeit suchen. Während dieser Zeit fand er erfreulicherweise eine Stelle beim ortsansässigen Schreiner, Herrn Scheidt. Dieser Arbeitgeber war fair und Papa hatte dort ein festes Einkommen. Was ich lustig fand, war, dass es für den Firmeninhaber Herr Scheidt normal war, dass er morgens erst mal zehn bis zwölf Eier aus der Pfanne verspeiste. Generell aß er wohl zu viel, denn er war sehr dick.

Als Papa wieder zurück in die Stadt zog, konnte er seine Stelle bei der Firma Bachmann wieder antreten. Er wechselte niemals mehr seinen Arbeitgeber und erreichte dadurch eine sehr lange Firmenzugehörigkeit. Bis ins hohe Alter von zweiundsiebzig Jahren war er dort aktiv. Finanziell ging es uns darum immer gut.

Kapitel 24 Verkappter Gelenk-Rheumatismus

Im Alter von achteinhalb Jahren, als der Krieg gerade vorbei war, während wir noch in Stein-Bockenheim wohnten, konnte ich plötzlich aus heiterem Himmel vor lauter Schmerzen auf meinen rechten Fuß nicht mehr auftreten. Von da an lag ich nur noch im Bett. Dieser unerfreuliche Zustand hielt sich über ein viertel Jahr. Unsere Dackeldame Heidi sorgte sich sehr um mich, denn sie wich mir nicht von meiner Seite. Meine Uroma brachte mir jeden Tag einen riesengroßen schönen Apfel aus ihrem Garten mit. Noch heute sehe ich das Bild vor mir, wie sie dann an der Fuß-Seite meines Bettes stand und mir stolz den jeweiligen mitgebrachten Apfel zeigte, was für die damalige Zeit ein großes Geschenk war.

Apfel-Uroma, ich und Mama in Stein-Bockenheim

Irgendwann verschlechterte sich mein Zustand jedoch sehr und ich bekam Fieber. Es wurde so schlimm, dass das Fieber auf fasst zweiundvierzig Grad stieg. Natürlich hatten meine Eltern sehr große Angst um mich. Es gab nur einen Landarzt, der keine Medikamente hatte. Er diagnostizierte „verkappten Gelenkrheumatismus" (was dies auch immer sein soll).

Aus lauter Angst und Verzweiflung drohte mein Papa dem Arzt, dass wenn mir etwas passieren würde, würde was passieren!! Daraufhin stellte der Arzt ein Rezept für Antibiotikum aus. Mein Papa schnappte sich sofort das Rad und fuhr fünfzehn Kilometer mit dem Fahrrad nach Alzey ins Krankenhaus, wo die Soldaten behandelt wurden. Dort bekam er dann tatsächlich das lebensrettende Medikament. Nachdem ich damit behandelt wurde, ging es mir von Tag zu Tag besser und ich wurde wieder gesund. Ohne Antibiotika hätte ich wohl keine Woche mehr überlebt.

Auch Heidi unsere Dackeldame war anscheinend beruhigt, denn sie führte wieder ihr normales Hundeleben, die Wache war zu Ende

Kapitel 25   Die reichen Bauern

Einige Bauern nutzten die Notlage auch nach dem Krieg noch aus und forderten gegen wenig Essbares Silber, Teppiche, Spielzeug und vieles andere ein. So dass Sie dadurch noch wohlhabender wurden. Sie trieben aufgrund der Abhängigkeit vieler Menschen von Nahrung einen äußerst unfairen Handel.

Mein Papa war handwerklich sehr begabt und konnte daher aus Holz Spielzeug und Möbel herstellen. Oftmals investierte er viele Stunden Arbeit und Mühe. Einmal fertigte er für einen Bauern als Spielzeug für seine Kinder einen kompletten Pferdestall mit Pferden an und bekam von diesem gierigen Bauern dafür nur ein bisschen Nahrung (z.B. angefaulte Äpfel)

Einmal habe ich meinen Puppenwagen überall gesucht und nicht mehr gefunden, es stellte sich später heraus, dass meine Mama aus der Not heraus meinen Puppenwagen gegen Essen eingetauscht hatte. Ich sah ihn später zufällig bei einem Bauern auf dem Misthaufen, die Kinder spielten zwar damit, aber gingen damit überhaupt nicht sorgsam um. Das machte mich sehr traurig und zornig.

Einerseits waren viele wütend auf diese gierigen Bauern, doch es blieb niemandem etwas anderes übrig als diese Ungerechtigkeiten hinzunehmen.

Auch den amerikanischen Besatzern missfiel dieses Verhalten sehr. Denn trotz des Hungers, an dem der Großteil der Bevölkerung litt, fanden Sie bei einem Großbauern gefüllte Schweineschmalztöpfe im Überfluss sowie massenhaft Pelzmäntel, Perserteppiche und Silberbestecke. Dies waren die Errungenschaften aus dem vorangegangenen unfairen Handel mit den Menschen, die aus der Not heraus Ihr Hab und Gut hingaben.

Daher war unsere Schadensfreude groß als wir erfuhren, dass die Amerikaner aus lauter Wut die gesammelten Pelzmäntel dieser Bauern in deren gehorteten Fettvorräten eingesuddelt hatten.

Kapitel 26   Kuchen backen in Stein-Bockenheim

Am Wochenende belegte meine Mama jede Woche einen mageren Hefeteig auf einem großen Backblech mit Apfelschnitzen. Dann steckte sie einen Zahnstocher rein und markierte auf einem kleinen angebrachten Pergamentpapier ihren Namen. Genau wie die anderen Dorfbewohner brachte sie ihn dann zum Bäcker, der seinen Backofen einmal pro Woche gegen Gebühr zur Verfügung stellte. Aus dem ganzen Dorf wurden von den Landfrauen Bleche voller Kuchen zum Backen herangetragen.

Wenn die Kuchen fertig gebacken waren konnte man sich seinen Kuchen bei dem Bäcker im Regal suchen und abholen.

Kapitel 27 Kartoffeln, ich liebe sie

Kartoffeln gehörten schon immer zu unserer Haupt- und Lieblingsspeise. Früher war es normal, dass man auch abends warm aß. Brot wurde üblicherweise nur morgens gegessen. Die Flüchtlinge aßen oft abends Brot und wir amüsierten uns ein wenig darüber, denn wir dachten, sie seien zu faul zum Kochen. Über einen langen Zeitraum haben wir das nach und nach so übernommen.

Wir aßen Kartoffeln mit Gemüse, rohe Geröste mit Salat, Kartoffeln mit Soße, Kartoffelpfannekuchen, Quellmänner mit Quark oder Leberwurst. Klöße wurden später als es generell wieder aufwärts ging sonntags gegessen. Es gab viel, was aus dem eigenen Garten kam. Ob Bohnen, Karotten, Gurken, Tomaten oder Beeren in allen Formen, auch Reneklodden.

Ein Gericht fällt mir dazu noch ein. Wir nannten es Himmel und Erde, das war Kartoffel- mit Apfelbrei.

Kapitel 28 Untermiete, Kampf um Wohnung

Nach dem Krieg zogen wir irgendwann wieder von Stein-Bockenheim nach Frankfurt am Main, allerdings erst einmal zur Untermiete, wie die meisten Städter, die wieder zurückkamen. Den Namen der Vermieterin weiß ich heute noch. Sie hieß Frau Bartelt und lebte dort mit ihrer kleinen Tochter. Die Küche durften wir auch benutzen, die Toilette war im Treppenhaus und wurde mit einer Nachbarin geteilt. Ein Bad gab es nicht.

Da meine Eltern weiter intensiv nach einer Wohnung suchten, bezogen wir nach einiger Zeit eine Wohnung, die wir für uns alleine hatten (bestehend aus einer Küche und einem Zimmer) Allerdings ging dem ein großer Kampf um die Wohnung voraus. Normalerweise wurden Wohnungen über das Wohnungsamt zugeteilt. Es gingen Gerüchte um, dass bei der Vergabe dort Korruption herrscht. Wenn man jedoch durch Eigensuche eine Wohnung fand, musste man diese trotzdem beim Wohnungsamt melden und sich dort genehmigen lassen. Mama hatte eine Wohnung gefunden, zuerst wurde die Genehmigung jedoch nicht erteilt, da es angeblich Bewerber gab, die es dringender nötig hätten. Meine Mama war jedoch schon immer eine Kämpferin und sehr wütend. Durch Ihre energische Art und Ihren Einsatz bzw. Kampf mit dem Wohnungsamt konnten wir doch in diese Wohnung einziehen.

Es war sehr schwer an Wohnungen zu kommen, deshalb waren wir sehr froh, dass wir nun eine hatten. Die Wohnung war, wie viele nach dem Krieg, in einem sehr schlechten Zustand. Die Tapeten hingen halb herunter, die Wohnung war verlebt und runtergekommen. Niemand hatte im Krieg bzw. kurz danach Material oder Geld, um die Wohnungen instand zu halten.

Papa unterteilte die große Küche durch eine provisorische Wand in einen Küchenbereich und ein kleines Wohnzimmer. Das zweite Zimmer war das Schlafzimmer für uns alle. Meine Eltern schliefen in einem Ehebett, ich in einem Kinderbett. Es gab noch einen großen Kleiderschrank, zwei Stühle und eine Frisiertoilette (eine Kommode mit Schubladen und einem dreigeteilten Spiegel) Diese Möbel waren aus einem kastanienfarbigen, glänzendem Massivholz und sehr stabil. Dabei handelte es sich immer noch um die erste Ausstattung nach der Heirat meiner Eltern und diese Möbel hatten schon viele Umzüge überstanden. Zuerst waren sie in Offenbach, dann in Stein-Bockenheim, wo das Betthinterteil einen Panzerschuss abbekam (man sah noch die Einkerbungen der Granatsplitter) und jetzt wieder in Frankfurt. Ich kann mich nicht mehr an diese Umzüge erinnern, aber es muss ein großer Aufwand gewesen sein. Auch später zogen die Möbel noch mehrmals mit um.

Die Toilette befand sich am Ende des Treppenflurs, beheizt war diese damals noch nicht, so dass man sich im Winter, ob großes oder kleines Geschäft, stets beeilte.

Geheizt wurde im Wohnzimmer mit einem Kohleofen. Das Ofenrohr war schon angeschlossen. Später hat mein Papa einen „Dauerbrenner" gekauft. Dieser Ofen speicherte die Wärme längere Zeit. Er wurde mit Koks geheizt, den Papa oft unerlaubterweise aufgesammelt hatte. In der Küche heizten wir öfter mit dem Gasherd. Die Backofentür wurde aufgemacht und eine wohlige Wärme verteilte sich in dem kleinen Raum.

Kapitel 29 Heidi, die Hundemama

Als wir noch in Stein-Bockenheim wohnten, wurde unsere Dackeldame Heidi läufig. Mama gab sich jegliche Mühe, dem Dorfdackel Lumpi, der sichtlich auf Heidi stand, keine Chance zu geben, ins Haus zu gelangen. Irgendwann jedoch entdeckte sie Lumpi zufrieden schlafend in einem Puppenkinderwagen im Haus. Er hatte es also doch geschafft!!!! Sie schickte ihn sofort raus. Doch anscheinend war die Sache schon gelaufen. Wahrscheinlich hatte er sich nach den „Anstrengungen" erst einmal erholen müssen, denn danach wurde Heide immer dicker.

Als wir nach dem Krieg in Untermiete bei der alleinstehenden Frau mit Ihrer Tochter in Frankfurt wohnten, geschah es dann: Ich durfte miterleben, wie unsere Heidi ihre Jungen in der Küche bekam. Zuerst dachte ich, dass Heidi Eier lege, doch es waren zwei Welpen, die Mama Heidi fürsorglich aus der Haut befreite. Sie wurde Mutter von einem braunen und einem schwarzen Welpen und war mächtig stolz auf ihre hübschen Kinder. Nun wohnten wir zu sechst in Untermiete. Als die zwei Kleinen alt genug waren, wurden sie gut untergebracht.

Heidi hatte bei uns ein gutes Hundeleben. Sie wurde von uns allen sehr geliebt und war in Sachen Essen sehr eigen. Sie fraß für Ihr Leben gerne Obst. Äpfel waren vor ihr nicht sicher. Als wir einmal auf der Wegscheide waren, fraß sie gierig die frisch gepflückten Waldheidelbeeren direkt aus der Hand. Unsere Heidi wurde dreizehn Jahre alt.

Heidi entspannt mit Papa

Kapitel 30 Winteraktivitäten

Die Winter waren eiskalt und dauerten sehr lange, der Schnee lag mehrere Wochen und taute zwischendurch nicht weg.

Vor dem Krieg muss es noch kälter gewesen sein. Meine Eltern erzählten davon, dass der Main oft so dick zugefroren gewesen sei, dass sogar Pferdefuhrwerke darüber gefahren sind.

Wenn wir Kinder mit den Schuhen über den Schnee rutschten, bildete sich eine kleine Eisbahn (Schleife). Diese wurde durch das Schlittern jeden Tag ein Stückchen länger. Manche Schleifen waren bis zu drei Meter lang, das Ganze machte uns unheimlich viel Spaß, meistens wurde ein großes Gemeinschaftsrutschen daraus.

Wo sich heute das Gelände des Frankfurter Rundfunks befindet, existierte ein großer Platz, der zu einem Sportverein"1822" gehörte. Im Winter wurde dieser mit einem Schlauch flächendeckend bewässert, so dass zu unserer Freude eine richtige Eislaufbahn entstand. Mein Papa und ich fuhren dort entweder Schlittschuh oder er schob mich mit einem kleinen Stuhl mit Kufen über die Fläche. Wenn ich mal mit einer Freundin auf die Eislaufbahn ging, benutzten wir zusammen die alten Schlittschuhe von meinem Papa. Die Schlittschuhe waren sehr robust und durch zwei parallele Schienen, die man zusammen- oder auseinanderschob größenverstellbar. Da störte es nicht, dass wir nicht die richtigen Schuhe dazu hatten. Wir teilten uns das Schlittschuhpaar und hatten Spaß dabei. Dies sind sehr schöne Wintererinnerungen.

Da es in der Stadt genug Schnee gab, mussten wir zur Schneeballschlacht oder zum Schlittenfahren nicht extra in den Taunus fahren. Auch gab es nur sehr wenig Verkehr, selten fuhr mal ein Auto auf der Straße, dadurch konnten wir Kinder überall spielen. Spielplätze gab es damals noch nicht, aber sie waren auch gar nicht nötig.

Kapitel 31   Essen nach dem Krieg

Zu unseren regelmäßigen Hauptmahlzeiten nach dem Krieg gehörte in Soße getunktes Brot, wobei oft und gerne Zwiebelsoße auf den Tisch kam, diese liebe ich heute noch. Aber auch die von Mama delikat zubereitete Senfsoße war ein Gaumenschmaus.

Die geröstete Grießsuppe, die es auch gab, duftete nicht nur gut, das Aroma lud zum beherzten Löffeln ein.

A propo Aroma und Duft. An was ich mich auch sehr gerne erinnere ist der Geruch und der Geschmack von Muttis selbstgebackenem Kastenweißbrot. Es war gut bekömmlich, lecker und leicht.

Das Hauptessen bestand mittags und abends aus Kartoffeln. Diese bezogen wir in größeren Mengen aus Stein-Bockenheim. Sie waren gesund, lecker und machten satt. Ein Genuss waren die knusprigen Bratkartoffeln aus rohen Kartoffeln „Rohe Gerößte" oder Quellmänner mit Quark oder Salz.

Später backte Mama dann auch Kartoffelpuffer. Da wir diese so liebten, aß jeder von uns bei einer einzigen Mahlzeit zehn bis zwölf Puffer mit Apfelbrei. Es gab nach und nach wieder mehr zu Essen, das schätzten wir nach den Kriegsjahren sehr.

Auch das Geleebrot von Frau Gaubatz aß ich immer mit Genuss und gutem Appetit. Für die ältere Dame aus dem 2. Stockwerk kaufte ich regelmäßig ein und als Belohnung erwartete mich dann immer eine Scheibe Brot mit Gelee. Klar, dass dies für mich ein zusätzlicher Ansporn war.

Meine Eltern und ich mochten keine Margarine, darum gab es bei uns entweder trocknes Brot oder Brot mit dünn gekratzter Butter.

Nach Jahren der Entbehrungen genossen wir, dass wir mehr und vielseitiger essen und genießen konnten. Es gab wieder öfter Torte und zahlreiche andere Leckereien, dadurch legten wir alle drei an Körpergewicht zu. Meine Mutti war früher superschlank, nach dem Krieg war das vorbei, doch verstehen kann ich das irgendwie.

Ich selber war auch nicht so dünn wie viele anderen Kinder nach dem Krieg. Damals kam es zu einer großen Hilfswelle von etlichen Schweizer Familien. Viele von ihnen nahmen deutsche Kinder für ca. drei bis vier Monate bei sich auf, um sie aufzupäppeln. Sie sorgten dafür, dass die Kinder, die oftmals viel mitgemacht hatten, sich erholen konnten und wieder ein Stückchen Kindheit zurückbekamen. Ich war dank der Fürsorge meiner Eltern und Ihren erfolgreichen Bemühungen um

Nahrung und Überleben nicht abgemagert und kam dadurch nicht in die Schweiz.

Das gängige Getränk war frisches, kühles Wasser aus dem Kran. Später in Frankfurt gab es auch mal Pfefferminztee und sonntags ab und zu sogar Malzkaffee.

Bis heute ziehe ich einfaches Essen mit Kartoffeln jedem anderen Essen vor. Die ganzen Delikatessen oder hohe Küche interessieren mich nicht. Wenn ich meine Kartoffeln habe, ist mein Gaumen zufrieden und lächelt.

Kapitel 32 Nicht in den Trümmern

Nach dem Krieg war die ganze Innenstadt Frankfurts völlig zerbombt. Wenn ich heute die Bilder im Fernsehen sehe, fällt mir auf, dass ich mich selber nicht direkt daran erinnern kann. Wir wohnten in der Nähe des Hauptfriedhofes in der Rat-Beil-Straße. Die Häuser dort standen unversehrt und waren nicht zerstört. Erst viel später wurde mir bewusst, welch riesiges Glück wir hatten, denn wir hatten trotz allem ein Zu Hause, was nicht viele Frankfurter von sich sagen konnten.

Ein Grund, dass diese Straße nicht zerbombt war könnte sein, dass dort der größte Friedhof Frankfurts liegt. Der Hauptfriedhof ist ungefähr siebzig Hektar groß und beherbergt sehr viele alte Bäume, Vögel und Eichhörnchen. Es gibt auch Gruften und riesige alte Familiengräber, die teilweise schon sehr zerfallen sind. Er ist so interessant, dass regelmäßig Friedhofsführungen durchgeführt werden.

Kapitel 33   Die Nachbarin, Freundschaft mit Amerikaner - Kleidchen

In unserem Haus wohnte eine junge Frau in Untermiete, die mit einem Amerikaner befreundet war. Sie heiratete ihn später und siedelte zu ihm nach Amerika um. Wie dem auch sei, während ihrer Zeit in unserem Wohnhaus bekam sie gelegentlich Pakete mit hübschen Kleidern aus Amerika. Dies war insofern etwas Besonderes, da es in Deutschland nach dem Krieg erst einmal nichts zu kaufen gab. Ab und zu waren dann auch für mich hübsche Sommerkleidchen aus Baumwolle dabei. Wenn ich diese trug, war ich stolz wie ein Spanier. Vielleicht hat Mama ihr dafür auch etwas anderes gegeben.

Generell ging es den amerikanischen Soldaten in Deutschland finanziell sehr gut, denn der amerikanische Dollar war sehr hoch im Kurs. So kam es, dass viele von ihnen in Saus und Braus leben konnten. Viele ließen es so richtig Krachen und hatten oftmals Spendierhosen an. In dieser langen Zeit der Besatzung haben sich viele Freundschaften zu den Deutschen entwickelt und so manche Ehe wurde geschlossen

Kapitel 34   Die wertvolle Kernseife

An einem bestimmten Tag in der Woche holten meine Mama und ich mit vielen anderen Frankfurterinnen große Stoff-Säcke mit schmutziger Wäsche vor den Kasernen der Amerikaner am Marbachweg ab. In jedem Wäschesack lag außerdem auch Kernseife.

Im Keller eines jeden Hauses befand sich ein großer Waschkessel aus Kupfer. Dort wusch und schrubbte meine Mama mit viel Mühe und Kraft neben unserer auch die Wäsche der stationierten Amerikaner wieder sauber und brachte Sie Ihnen gegen Bezahlung für Ihre Dienstleistung zurück.

Die restliche Kernseife jedoch durfte sie behalten, das war auch noch ein besonderer Verdienst, denn sie war Mangelware und somit für uns wertvoll. Wir hatten die Möglichkeit, sie selber zu nutzten oder gegen etwas anderes einzutauschen. Meine Mama und viele andere waren Organisationstalente und schlugen sich durch.

Kapitel 35 Handel nach dem Krieg

Da Lebensmittel generell knapp waren, wurden rationierte Lebensmittelmarken ausgegeben. So stand jedem eine festgelegte Menge für bestimmte Lebensmittel wie z.B. Brot, Fett, Fleisch,.... zu.

Mama war sehr geschickt im Handeln und Organisieren. So verhandelte Sie regelmäßig mit einem der ältesten Söhne einer kinderreichen Familie was sie für Brotmarken gegen andere Marken bzw. Ware gegen Brotmarken tauschen konnte

Heute weiß ich nicht mehr genau, was Mama alles getauscht hat. Auffällig war jedoch der unübersehbare riesige Stapel Schokolade im Wohnzimmerbuffet, der nicht für uns sondern fürs Handeln bestimmt war. Sie kam von einer Frau, die in der Stadt wohnte und sich auf amerikanische Schokolade spezialisiert hatte. Das merkte ich daran, dass diese Frau mengenweise Schokoladen-Stapel im Schrank aufbewahrte. Da ich die Schokolade fast niemals anrühren durfte, schwor ich mir schon als Kind, dass ich später immer genügend Schokolade zum Naschen besitzen würde.

Irgendwie schaffte es meine Mutter durch Ihr offenes Wesen und der Begabung mit Menschen schnell und gut ins Gespräch zu kommen, zu tauschen was das Zeug hält. Ob mit Amerikanern, ob Zwischentausch, vieles was wir normalerweise nicht erwerben konnten, organisierte Mama für uns.

Einmal war ein Amerikaner bei uns in der Wohnung. Wir drei waren damals alle entsetzt über dieses unmögliche Benehmen, über die ungehobelte lockere Art, die Füße auf den Couchtisch zu legen. Für meine Eltern und grundsätzlich für die Deutschen, für die Benehmen einen hohen Stellenwert hatte, war das ganz und gar nicht zu begreifen. Vermutlich ging es auch hierbei um irgendein Geschäft, diesen Mann, der sich ungehobelt benahm, habe ich nie wieder gesehen

Der Zusammenhalt zwischen Nachbarn war damals sehr groß. Viele Leute hatten während des Krieges alles verloren, so tauschte man oder lieh sich gegenseitig Gegenstände und Dinge, die der andere nicht hatte. Der Eine hatte beispielsweise einen Fleischwolf, ein Anderer vielleicht einen Regenschirm. Uns muss es damals schon recht gut gegangen sein, denn meistens war meine Mama eher ein Verleiher, doch beim Badeanzug war für sie Schluss, das ging ihr dann doch zu weit. Besonders häufig wurden auch Werkzeuge benötigt und verliehen.

Kapitel 36 Der Koks und die Aktentasche

Damals waren die Winter im Vergleich zu heute sehr kalt und dauerten außerdem sehr lange. Wir hatten einen Ofen, jedoch oft nicht genug zum Heizen. Ab und zu wurde mit dem Gas-Backofen geheizt, in dem wir die Ofentür offenstehen ließen.

Auf dem Nachhauseweg von Papas Arbeit gab es in Frankfurt eine große Ampelkreuzung. (Nibelungenallee/Friedberger Landstraße) Beim Warten auf den Bus, konnte mein Vater öfter beobachten, dass die Amerikaner genau an dieser Stelle mit ihren koksbeladenen Lastwagen anhielten. Damit wir nicht frieren mussten, sammelte er den Koks ein, der den Lastern beim Anhalten gelegentlich „runterfiel". Dies war zwar verboten, doch Papa hatte gar keine andere Wahl, denn es war ihm wichtig, dass seine Lieben zu Hause wenn möglich nicht frieren mussten. Damit das untersagte Einsammeln nicht auffiel, wanderte der Koks unauffällig in seine Aktentasche.

Einmal wurde er dann doch erwischt und musste eine Nacht im Gefängnis verbringen, doch am nächsten Tag war er wieder draußen, ansonsten hatte er immer Glück. Wenn aber alles funktioniert hatte, freuten wir uns sehr und saßen zu viert (Mama, Papa, Dackel Heidi und ich) glücklich um den warmen Ofen herum; für uns war das immer ein Fest. Mein Papa sagte dann immer fröhlich: „Der Bär macht jetzt zweitausend Grad". Ich weiß zwar bis heute nicht, was er damit genau meinte, doch ich kann mich erinnern, wie sehr er sich freute und wir die Wärme genossen.

Kapitel 37 Der Limburger

Ein paar Jahre nachdem der Krieg beendet war, nahm die Lebensmittelvielfalt stetig zu und es gab wieder mehr zu Kaufen.

Meistens hatten wir dann eine schöne dicke zwanzig cm lange stinkige Limburger-Stange im Speiseschrank. Mein Papa hatte eine besondere Vorliebe dafür. Nachdem auch ich auf den Geschmack gekommen war, war dieser nicht mehr vor mir sicher. Immer wieder naschte ich davon. Eigentlich dachte ich, dass meine Nascherei unentdeckt geblieben wäre, doch als ich Geburtstag hatte, wurde ich eines Besseren belehrt, denn ich bekam als Geschenk für mich alleine einen ganzen Limburger. Ich war überglücklich darüber. Also hatten meine Eltern die heimlichen Naschattacken doch bemerkt und mich gewähren lassen. Wahrscheinlich hatten Sie sich vorher darüber amüsiert, denn Sie unterhielten sich immer mit einem Lächeln darüber, dass wohl wieder Mäuse am Limburger genagt hätten. Die Liebe zu diesem Käse ist mir bis heute geblieben.

Kapitel 38   Im städtischen Badehaus in Frankfurt

Zur damaligen Zeit hatten die Wohnungen üblicherweise kein Badezimmer, dies kam nur sehr selten vor und galt als Luxus. Aus diesem Grund gab mir meine Mama jeden Samstag (ich war in etwa zehn Jahre alt) Geld, damit ich ein Bad in der Badeanstalt Frankfurt in der Hallgartenstraße nehmen konnte.

Dort wartete ich immer auf einem der vielen Stühle in einem Gang. Dahinter verbargen sich die Kabinen mit den Badewannen. Sobald ich an der Reihe war, rief mich die Bademeisterin auf und führte mich in einen vorbereiteten Raum. Dort empfing mich eine Wanne mit schaumigem warmem Badewasser, welches wundervoll nach Fichtennadel duftete. Für eine halbe Stunde konnte ich mich dann dem Genuss in der Badewanne hingeben bis die Bademeisterin wieder kam und ich meine Oase verlassen musste. Denn es warteten ja schließlich noch viele andere auf das Baden und die Wanne musste erst gereinigt und neu hergerichtet werden.

Kapitel 39 Eis-Günther

Da es noch keine Kühlschränke gab, wurden verderbliche Lebensmittel von den Kaufleuten in sogenannten Eisschränken mit Eisstangen kühl gehalten und aufbewahrt. Wenn also der Eis-Günther, der aus Fechenheim kam, die Geschäftsleute mit den Eisstangen belieferte, klopfte dieser aus den Stangen für uns Kinder Zapfen ab. Wir liebten es, daran zu lutschen und freuten uns schon vorher darauf, wenn wir von weitem das rhythmische Getrappel der Pferdehufe auf dem harten Boden oder Kopfsteinpflaster näher kommen hörten. Nach dem Krieg gab es generell erst mal kein Speiseeis mehr und somit war dies für uns etwas Besonderes.

Erst später durch die Amerikaner, die uns Kinder klassenweise in die Kaserne einluden, konnten wir wieder Speiseeis genießen. Dieses Eis wurde mit Eispulver hergestellt. Die Italiener führten nach dieser Zeit hausgemachtes Speiseeis in vielen leckeren Sorten in Deutschland ein, die meisten italienischen Eiscafés haben auch heute noch den Ruf, das beste Eis herzustellen und zu verkaufen.

Kapitel 40 Renten-Marken

Zur damaligen Zeit besorgte man sich jeden Monat am Postschalter gegen Entgelt seine Rentenmarken, die dann in einem speziellen Heft eingeklebt wurden. Das war quasi der Rentenversicherungsnachweis. Papa beauftragte mich als Kind immer mit dieser wichtigen Angelegenheit, ich war sehr stolz.

Noch heute kennt der ein oder andere den Spruch: „Der hat gut für seine Rente geklebt" Dies kommt aus dieser Zeit.

Kapitel 41 Verlobt - ohne Wohnung!

Als ich bereits verlobt war, mussten wir obwohl ich Schlüssel zu unserer Wohnung hatte, aus Anstandsgründen mit meinem Verlobten im Treppenhaus warten bis meine Eltern zurückkamen. Das war ganz normal und selbstverständlich.

Eine Wohnung stand uns unverheiratet einfach nicht zu. Die ganzen Umstände durch die Wohnungsnot waren schwierig. So kamen erst mal verheiratete Paare mit Kindern zum Zug. Mein damaliger Verlobter und ich heirateten auf dem Standesamt, dann waren wir endlich berechtigt, uns auf dem Wohnungsamt anzumelden.

Mein Hochzeitstag, ein glücklicher Tag in meinem Leben.

Nachdem wir ein Jahr verheiratet waren, bekamen wir eine Wohnung durch ein Programm für Jungvermählte zugewiesen. Die Abwicklung lief über eine Wohnungs-Gesellschaft und wir waren sehr dankbar, denn wir hatten schließlich noch keine Kinder.

So kam es, dass wir 1959 in eine Zweizimmerwohnung einzogen. Die Wohnungen waren neu gebaut und wir hatten sogar schon eine Heizung in unseren Räumlichkeiten. Außerdem konnten wir einen Waschraum mit Waschmaschine und Schleudertrockner im ersten Haus des Wohnblockes nutzen. Jeder musste lediglich sein Waschpulver besorgen, die Benutzung der Waschmaschinen kostete nichts. Zwei Jahre später, 1961 kam meine erste Tochter zur Welt. Ich war sehr glücklich und stolz.

mein aufgewecktes Töchterchen mit stolzer Oma

Die Stoffwindeln wurden zuerst von mir in der Badewanne in einem Eimer eingeweicht und dann in einem großen Topf ausgekocht. Den Windelmüll gab es damals nicht. Für die Babys war der Stoff gewiss hautfreundlicher als die Windeln, die es heute gibt.

Nach zwei Jahren konnten wir innerhalb der Wohnungsgesellschaft zwei Blöcke weiter in eine leergewordene Drei-Zimmerwohnung wechseln. Diese Wohnung befand sich im letzten Stockwerk unter einem Dachboden. Wir hatten wieder einen großen Trockenraum und auch wieder einen eigenen abgeschlossenen Dachspeicher. Das waren auf dem Dachboden wie bei manchen Kellern durch Holzbalken abgeteilte Flächen. Unser Dachspeicher war recht groß, ich schätze ihn auf fünf bis sechs Quadratmeter. Außerdem hatten wir auch wieder einen Keller.

Aufzüge gab es damals noch nicht. Aus diesem Grund standen im Treppenflur im Erdgeschoss die Kinderwägen und niemand störte sich daran.

In dieser Wohnung begann nun mein selbständiges Erwachsenen-Leben. Damals ahnte ich noch nicht, wie viele Geschichten mein Leben noch schreiben würde. Vielleicht erzähle ich diese ein andermal.

Danke

Naomi Mandler hat mir bei der Erstellung meines ersten Buches als Lektorin zur Seite gestanden. Lieben Dank dafür. Ein Dankeschön geht auch an die Autoren-Betreuung von Tredition , die mir mit Rat und Tat bei der Veröffentlichung geholfen hat.

Bei der Gelegenheit dir, Mama, lieben Dank, dass Du in jeder noch so komplizierten und schwierigen Lebens-Situation da warst und bist und uns (deinen zwei Töchtern) immer Mut machst zu kämpfen, wenn es sein muss. Wir sind sehr dankbar, dass Du so bist wie Du bist.. Danke für Deine Geschichten und Erinnerungen ohne die ich dieses Buch nie geschrieben hätte. Es war sehr schön, mit Dir zu arbeiten und noch mehr von Dir zu erfahren.

2015 – mit Mama in Leipzig

Über die Autorin

Julia Lichtauf wurde 1966 in Frankfurt geboren und lebt jetzt mit Ihrer Familie ländlich zwischen Frankfurt und Darmstadt.

2016 veröffentlicht sie ihr erstes Buch „Der Plumpsklohahn". Auf den Geschmack gekommen, werden gewiss noch mehr Bücher mit Herz und Humor folgen.

Julia Lichtauf

Zeitfracht Medien GmbH
Ferdinand-Jühlke-Straße 7
99095 Erfurt, Deutschland
produktsicherheit@kolibri360.de